L'Attaque-
surprise

Les Éditions du Boréal remercient le Conseil des Arts du Canada
ainsi que le ministère du Patrimoine canadien et la SODEC
pour leur soutien financier.

Les Éditions du Boréal bénéficient également du Programme
de crédit d'impôt pour l'édition de livres du gouvernement
du Québec.

© 2004 Les Éditions du Boréal
Dépôt légal : 3ᵉ trimestre 2004
Bibliothèque nationale du Québec

Diffusion au Canada : Dimedia
Distribution et diffusion en Europe : Les Éditions du Seuil

Données de catalogage avant publication (Canada)
Brière, Paule

    L'Attaque-surprise

    (Boréal Maboul)

    (Les Enquêtes de Joséphine la Fouine ; 6)

    Pour enfants de 6 à 8 ans.

    ISBN 2-7646-0336-3

    I. Morin, Jean, 1959- . II. Titre. III. Collection. IV. Collection :
Brière, Paule. Enquêtes de Joséphine la Fouine ; 6.

PS8553.R453A87   2004   jC843'.54   C2004-940983-2
PS9553.R453A87   2004

L'Attaque-surprise

texte de Paule Brière
illustrations de Jean Morin

BIBLIO OTTAWA LIBRARY

Boréal Maboul

OTTAWA PUBLIC LIBRARY
BIBLIOTHEQUE PUBLIQUE D'OTTAWA

Perrette, sur sa tête ayant un pot de lait,
Bien posé sur un coussinet,
Prétendait arriver sans encombre à la ville.

JEAN DE LA FONTAINE

1

La laitière et le pot au lait

Il est six heures. Le soleil se lève sur la ferme de Lafontaine. Perrette, la petite laitière, quitte la maison avec son pot de lait. Charlie Chien et Charlot Chat la suivent jusqu'à la clôture. Puis le chat s'étire et le chien rentre dans sa niche.

Perrette s'engage à grands pas sur le chemin. Elle ne veut pas arriver en retard au marché. C'est de bon matin qu'on y fait les meilleures affaires. Déjà, dans sa tête, elle calcule :

« Avec le prix de mon lait, j'achète des œufs. J'élève des poulets que je vends à leur tour. Avec le prix des poulets, j'achète un cochon. Je le revends bien gras, contre une vache et son veau… »

Soudain, la jeune fille sent un frôlement sous sa longue jupe. Elle trébuche et… PATACLANG ! La voilà à plat ventre sur le bord du chemin. Ses genoux et ses mains sont tout écorchés. Perrette pleure et pleure encore.

Puis elle se calme un peu et relève enfin la tête. Elle voit alors son précieux pot de lait en miettes sur le bord du chemin. Aussitôt, elle se remet à pleurer. Tous ses rêves viennent de s'envoler.

— Ouh ! Ouh ! Adieu veau, vache, cochon, couvée ! Ouh ! Ouh ! Ouh !

Perrette ne sait pas que quelqu'un l'a entendue pleurer, de plus loin sur le chemin. Elle ne voit pas que ce quelqu'un s'approche. Elle sursaute donc quand elle l'entend parler.

— Détective Joséphine la Fouine, bonjour. Puis-je mener une enquête pour vous ?

Perrette lève la tête. Une grande fouine en imperméable lui tend une carte professionnelle. À travers ses larmes, elle lit :

« La meilleure détective en ville, à la campagne et en montagne. Spécialité : vols, enlèvements et méfaits en tout genre. »

La fouine fait une petite révérence comique et dit :

— À votre service, mademoiselle. Vous alliez au marché ? Bien sûr ! Vous avez de la

chance. Je m'y rendais aussi. Vous savez pourquoi? J'y attrape souvent des voleurs. Comme on dit, l'occasion fait le larron! Ou le bazar fait le pillard. Ou le butin fait le malin. Ou le gros lot fait l'escroc. Ou le racket fait le pickpocket. Ou les objets de valeur créent le voleur. Ou…

Perrette est un peu étourdie par sa chute, mais encore plus par ce drôle de moulin à paroles qui se dit détective !

2

Les suspects
et l'arme du crime

Joséphine la Fouine commence son enquête
sans attendre l'accord de Perrette.

— Alors vous avez dit : « beau, bâche, tor-
chon, trouvé ». C'est ce qu'on vous a volé !

Perrette ouvre de grands yeux.

— Pas du tout ! J'ai dit « veau, vache,
cochon, couvée ». C'est…

Joséphine lui coupe la parole :

— Ah ! voilà nos suspects ! Parfait !

La laitière voudrait expliquer qu'il n'y a
aucun suspect dans cette affaire. Sauf peut-

être un courant d'air… Mais sûrement pas les animaux dont elle rêvait ! Impossible, la détective ne lui laisse pas le temps de placer un mot.

— Les choses ne traînent pas avec moi ! J'aime les enquêtes qui démarrent avec une bonne liste de suspects. Je vais de ce pas leur rendre une petite visite.

Et la voilà partie. Elle n'a pas fait trois pas qu'elle s'arrête en criant.

— Aïe ! Ouille ! Qu'est-ce que c'est que ça ?

La fouine était si pressée qu'elle vient de marcher sur un éclat du pot à lait brisé. Elle le ramasse, le regarde, le retourne et le renifle. Puis elle s'écrie :

— Ah ! voilà l'arme du crime ! Les choses

ne traînent vraiment pas avec moi ! J'aime les enquêtes qui démarrent avec une belle arme du crime. Je vais de ce pas… Mais où allais-je donc déjà ?

Les sourcils froncés, Joséphine essaie de se rappeler. Et, du coup, elle cesse de parler. Ouf, il était temps ! Perrette peut enfin s'expliquer :

— Ce n'est l'arme de personne. Je n'ai pas été attaquée. C'est seulement mon pot à lait qui est tombé.

Joséphine est surprise :

— Pas d'attaque ? Pas d'arme ? Pas de crime ?

Joséphine est déçue :

— Pas d'enquête alors ?

Elle reste un moment silencieuse, l'air désappointé. Mais ça ne dure pas. Ses yeux

brillent soudain d'une nouvelle idée. Elle recommence à parler comme une mitraillette :

— Vous alliez acheter du lait au marché ? Où est votre argent ? On vous l'a sûrement volé ! Mais qui ? Où est ma liste de suspects ?

Perrette soupire et attend que la détective cesse de parler… Ça finira bien par arriver ! Enfin, Joséphine se tait, le temps de lire ses notes. Alors, Perrette explique :

— J'allais vendre mon lait au marché. Avec l'argent, j'aurais acheté des œufs et…

Joséphine lui coupe encore une fois la parole :

— Où est passé votre lait ? Si votre pot était plein quand il est tombé, il y aurait une flaque de lait sur le chemin. Mais il n'y a rien, que des morceaux de pots brisés. Regardez !

Perrette soupire encore :

— C'est sans importance. Le chemin est sec, la terre aura bu le lait pendant que nous parlions. Ou plutôt pendant que vous parliez… Ce qui est important, par contre, c'est que mon papa me punira quand il apprendra que j'ai cassé son pot. Ouh ! Ouh ! Ouh !

Sur ces mots, la pauvre laitière s'est remise à pleurer. Joséphine sort un grand mouchoir de sa poche et dit :

— Allons, il ne faut pas pleurer, jolie demoiselle. Ce n'est pas votre faute. Moi, je suis sûre qu'on vous a attaquée. Et je vais de ce pas le prouver à monsieur votre père. Venez !

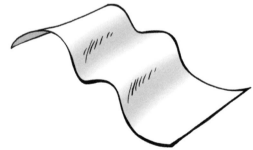

3

La vache et le veau

La jeune laitière retourne à la ferme, accompagnée de la détective. Dès qu'elles franchissent la clôture, Charlie Chien vient à leur rencontre en battant de la queue. Charlot Chat, lui, se lèche les pattes sur le balcon sans leur prêter la moindre attention.

Joséphine demande :

— Y aurait-il une vache dans les environs ?

Le chien s'apprête à répondre, mais la fouine continue :

— Et aussi un veau ? Et qui d'autre déjà ?

Où ai-je noté la liste des suspects ? Qu'ai-je fait de mon précieux carnet ?

Le chien pointe le museau vers Joséphine et dit :

— Je ne sais pas si c'est le bon carnet, mais vous en tenez un à la main… Et je ne sais pas si c'est la bonne vache, mais je peux vous présenter Valentine, ainsi que Victor, son veau.

La détective relève la tête, les yeux brillants.

— Allons voir la vache. Comme productrice de lait, elle est notre suspect numéro un.

Charlie guide Joséphine jusqu'à l'étable. La fouine se présente, montre sa carte, explique la situation. Valentine Lavache rumine, elle a tout son temps… Pourtant, elle finit par perdre un peu son calme quand Joséphine dit :

— Avouez : c'est vous qui l'avez volé !

— Meuh! voyons! Moi, la meilleure vache laitière de tout le canton de Lafontaine, voler du lait? Meuh! c'est ridicule! Si on lui avait volé un gros bouquet de marguerites bien goûteuses, à cette pauvre petite, je pourrais comprendre. Meuh! là…

La détective saute sur l'occasion :

— Ah! ah! Vous avouez avoir volé un bouquet! Qui vole un œuf, vole un bœuf. On apprend ça à l'école des détectives. En première année. Alors qui vole un bouquet, peut bien voler du lait!

— Meuh! non. J'ai rien volé du tout. Je dis juste que je comprendrais que vous me soupçonniez s'il s'agissait de bonnes fleurs. Faut bien que vous fassiez votre travail. Meuh! pour le lait, ça n'a pas de sens. Faudrait y retourner, à l'école des détectives, ma pauvre dame !

Joséphine brandit son petit carnet comme si c'était un grand diplôme et elle s'écrie :

— Qu'est-ce qui vous permet d'être aussi vache avec moi ? Je connais mon métier. Si vous continuez, je vous accuse d'injure à détective !

Joséphine la Fouine est si choquée qu'elle en perd la voix ! Le petit veau en profite pour placer un mot.

— Meuh ! vous inquiétez pas, m'dame. Ma maman, elle va donner d'autre lait à Perrette demain. Moi, ça me dérange pas…

La détective regarde Victor d'un œil soupçonneux. Et si c'était lui, le voleur ? Le mufle rose, les oreilles en papillon, les yeux doux comme des bonbons… Il a l'air si gentil, si innocent ! Trop innocent, c'est suspect… Joséphine demande :

— Où étais-tu ce matin vers six heures ?

— Meuh ! j'étais ici, m'dame, dans le champ avec ma maman.

La fouine se tourne vers la vache.

— Vous confirmez cet alibi, madame Valentine ?

— Meuh ! bien sûr ! Moi et le petit, on sort de l'étable tous les matins, après la traite. Il boit le lait qui me reste, puis on broute toute la journée dans le champ. On peut même vous donner l'horaire du train !

Joséphine lève un sourcil.

— Vous avez vu un train passer sur le chemin ce matin ? Intéressant, ça ! Un train de marchandises ? De passagers ? Un express ? Un local ?

Victor pouffe de rire :

— Meuh ! non, m'dame ! Les trains, ils passent sur la voie ferrée, derrière le champ, pas sur le chemin. Vous avez pas appris ça, à l'école des détectives ?

Joséphine a un peu honte de s'être fait prendre comme une débutante. Elle répond très vite :

— Bien sûr. J'ai même appris que petit train va loin, qu'il mène grand train et qu'il faut lui filer le train !

Ensuite, elle demande :

— Vous n'avez rien remarqué de particulier pendant que vous broutiez tous les deux ?

Victor s'écrie :

— Meuh ! oui, m'dame. J'ai vu Perrette près de la clôture avec Charlie et Charlot.

Valentine dit :

— Meuh ! y a rien de spécial là-dedans, mon petit. Elle y va toutes les semaines, au marché, la Perrette.

Joséphine la Fouine en a assez entendu. Ces deux-là ne sont pas coupables. Elle les remercie et poursuit son enquête.

4

Le cochon
et la cochonnerie

Perrette renifle sur le balcon entre Charlie Chien, qui se gratte les puces, et Charlot Chat, qui se lèche les pattes. Joséphine s'approche en grommelant :

— Vous auriez pu me dire que cette vache et son veau ne sortaient jamais du champ. Vous m'avez fait perdre du temps. Et le temps, c'est de l'argent. On apprend ça à l'école des détectives. Ça peut vous coûter cher, de cacher des informations !

Perrette et Charlie échangent un regard

découragé. Même Charlot cesse un instant de lécher sa patte pour lever un œil surpris sur la fouine. Perrette voudrait dire qu'elle n'a pas d'argent pour payer, puisqu'elle n'a pas rapporté un sou du marché. Charlie voudrait ajouter qu'il ne peut donner aucune information, puisque la détective ne cesse pas de parler. Charlot pense que la détective ne trouvera sûrement pas le coupable, puisqu'elle ne sait pas écouter. Mais aucun des trois ne dit un mot, puisque la fouine poursuit :

— Passons aux prochains suspects. Y aurait-il un cochon couvé sur cette ferme…

— Un cochon quoi ? s'étonne le chien.

Joséphine relit ses notes. Perrette en profite pour corriger :

— Un cochon ET UNE couvée. Mais…

Six mots, c'est tout ce qu'elle a réussi à placer ! Joséphine ne lui laisse pas le temps d'expliquer que ces veau, vache, cochon, couvée n'étaient que des projets, pas des suspects. La fouine pousse déjà le chien vers les bâtiments en demandant :

— Où est la cochonnerie ?

Charlie Chien s'écrie :

— On dit porche…

Mais Joséphine lui coupe la parole en riant :

— Les porcs vivent dans les porcheries, je sais. On apprend ça à l'école des détectives. Mais on apprend aussi que les cochons, eux, vivent dans les cochonneries ! Ha ! ha ! ha !

Charlie lève les yeux et pousse un grand soupir. Ça n'arrête pas Joséphine.

— Et la vache ? Elle vit dans une vacherie ! Et le cheval ? Dans une chevalerie ! Et l'âne ? Dans une ânerie ! Et le coq ? Dans une coquetterie ! C'est fou, tout ce qu'on apprend à l'école des détectives, surtout dans la cour de récréation ! Ha ! Ha ! Ha !

— Oïnk ! Oïnk ! Oïnk ! répète le cochon, comme en écho.

Joséphine n'avait pas vu qu'ils étaient arrivés à la porcherie. Et elle ne voit toujours pas le porc. Elle cherche un animal rond, rose et lisse, comme une tirelire de porcelaine. C'est une grosse bête noire, sale et puante qui sort en riant de sous un vieux camion.

— Le coq dans une coquetterie. Elle est bonne, celle-là ! Oïnk ! Et le chien, alors, il vit dans une chiennerie ? Oïnk ! Oïnk !

Charlie n'a aucune envie de se battre avec ce cochon malpropre et malappris. Il préfère retourner sur son balcon. De loin, il entend :

— Et la fouine, elle vit où ? Tu sais sûrement ça, toi !

Joséphine ne comprend pas. La réponse ne peut pas être la « fouinerie », ce mot n'existe même pas. Le cochon s'exclame :

— Elle vit dans le foin ! Oïnk ! Oïnk ! Oïnk ! Je t'en bouche un coin, là, hein ?

Joséphine n'apprécie pas la familiarité et le rire bête de ce cochon. Elle dit d'un ton sec :

— Joséphine la Fouine. Voici ma carte, monsieur le Porc.

L'autre éclate de rire à nouveau :

— Oïnk ! Oïnk ! Est-ce que j'ai une tête à m'appeler monsieur le Porc ? Tu m'as pas regardé ! Oïnk ! Oïnk ! Raymond Cochon, c'est ça mon nom.

Le cochon attrape la carte de Joséphine de ses grosses pattes crottées.

— Détective… C'est un genre de police ? Alors, j'ai rien à te dire. Je veux pas que la police se mêle de mes oignons.

Joséphine regarde sa carte toute tachée d'un air dégoûté.

— Il ne s'agit pas d'oignons, mais de lait.

Quelqu'un a attaqué mademoiselle Perrette, la laitière. Si vous me laissiez parler aussi…

Raymond Cochon a plutôt envie de parler lui-même…

— Du lait ? Pouah ! Est-ce que j'ai une tête à boire du lait ? Tu m'as pas regardé ! Ni lait, ni eau, ni rien de bon pour la santé. Ça me rend malade ! Oïnk ! Oïnk ! Oïnk !

Joséphine en a assez entendu. Ce cochon est vraiment déplaisant, mais ça n'en fait pas un coupable pour autant. D'ailleurs, s'il avait attaqué la laitière, elle l'aurait senti. Il pue tellement ! Et il aurait laissé des traces. Il est si crasseux !

La fouine raye donc le cochon de la liste des suspects. Il n'en reste plus qu'un. Elle demande :

— Savez-vous où je peux trouver une couvée, par ici ?

— Cuvée ? Tu parles de ma cuvée d'alcool, là, mon Château-la-Bouette ? J'ai le permis qu'il faut pour le fabriquer. Tu peux rien me reprocher…

La fouine répond avec impatience :

— Il ne s'agit pas de cuvée, mais de couvée. Il ne s'agit pas de vin, mais de poussins. Si au moins vous me laissiez finir…

— Tu finirais par me casser les pattes, oui ! Va donc voir au poulailler si j'y suis ! Tu trouveras peut-être l'omelette que tu cherches…

5

Le coq, les poules et la couvée

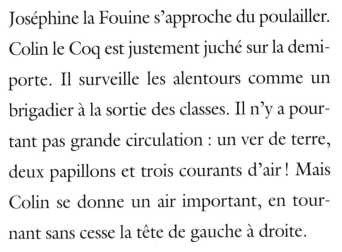

Joséphine la Fouine s'approche du poulailler. Colin le Coq est justement juché sur la demi-porte. Il surveille les alentours comme un brigadier à la sortie des classes. Il n'y a pourtant pas grande circulation : un ver de terre, deux papillons et trois courants d'air ! Mais Colin se donne un air important, en tournant sans cesse la tête de gauche à droite.

Joséphine se présente. Le coq jette un coup d'œil rapide à sa carte et il reprend sa surveillance agitée. Joséphine explique la mésaventure de Perrette et la disparition du lait.

— C'est pourquoi je dois vous interroger à propos de votre dernière couvée.

— Quo-quo-quoi ! Vous croyez que je perds mon temps à cou-cou-couver ? Je suis le co-co-commandant de cette basse-cou-cou-cour ! Que-que-questionnez plutôt les poules, elles n'ont que-que-que ça à faire, elles, cou-cou-couver.

Le coq saute par terre dans un grand fracas de plumes, et la porte du poulailler s'ouvre devant Joséphine. À l'intérieur, Pépita, Pétrouchka et Priscila, les trois poules, n'ont rien perdu de la conversation. Elles caquettent en chœur.

Pépita dit :

— Pour qui-qui-qui se prend-il, ce co-co-coquin ?

Pétrouchka dit :

— Sa seule occu-cu-cupation de la journée, c'est le co-co-cocorico du matin.

Priscila dit :

— En fait, il n'est même pas ca-ca-capable de cou-cou-couver !

Joséphine examine le poulailler en attendant que les poules se calment. Elle ne voit de poussin nulle part. C'est bizarre… Dès qu'elle peut placer un mot, elle s'exclame :

— Ah ! ah ! les coupables se cachent !

Pépita, Pétrouchka et Priscila recommencent aussitôt à caqueter :

— Quo-quo-quoi ? Il n'y a rien de cou-cou-coupables. Les cou-cou-couvées se ca-ca-cachent toujours sous le cu-cu-cul des poules !

Joséphine demande alors aux trois poules de lever le derrière. Mais elles ne sont pas d'accord.

— Co-co-comment ? Vous n'y pensez pas ! Nos petits co-co-cocos vont prendre froid !

La détective commence à perdre patience.
Mais le coq n'a rien perdu de la conversation.
Il entre dans le poulailler en criant :

— Co-co-cocorico ! Tout le monde debout ! Et que-que-que ça saute ! Co-co-cocorico !

Aussitôt, les poules se lèvent comme des diables sortant de leurs boîtes. C'est un réflexe chez elles. Un cocorico, et leurs pattes se changent en ressorts !

Joséphine découvre enfin cette fameuse couvée. Entre deux cocoricos, Colin dit :

— Hâtez-vous d'interroger la cou-cou-couvée. Les poules ne resteront pas debout longtemps.

Interroger la couvée ? Joséphine voudrait bien, mais…

— Vous vous moquez de moi ? Ce ne sont pas des poussins ! Je ne vais quand même pas interroger des œufs ! Vous me prenez pour une folle ou quoi ?

Le coq bouge :

— Jamais con-con-contente !

La fouine ne perd pas son temps à discuter, elle a d'autres chats à fouetter. En fait, elle est bien embêtée. Elle a vu tous les suspects et aucun n'est coupable. Un indice lui a sûrement échappé.

Elle retourne donc voir Perrette sur le balcon, entre Charlie qui dort et Charlot qui se lèche toujours les pattes. Joséphine s'étonne :

— Votre chat est très propre, mademoiselle Perrette !

— Comme tous les chats. Mais aujourd'hui, il ne se lave qu'une patte. Je ne sais pas pourquoi…

À ces mots, Charlot s'arrête brusquement. Il fixe Joséphine un moment puis il se lève en disant :

— Excusez-moi, on m'appelle…

Il n'a pas fait trois pas que Joséphine la Fouine s'écrie :

— Au nom de la loi, je vous arrête !

6

Les indices et le coupable

— L'énigme est résolue, annonce fièrement Joséphine la Fouine. J'ai la preuve que Perrette a été attaquée.

La bonne humeur est enfin revenue à la ferme de Lafontaine. Perrette a retrouvé son sourire. Ses parents sont rassurés. Charlie, Valentine, Victor, Raymond, Colin, Pépita, Pétrouchka et Priscila se pressent autour de la détective pour entendre la conclusion de l'enquête et, surtout, pour assister à l'arrestation des coupables.

— Dès le début, j'ai noté un indice, explique la détective. Si la laitière était simplement tombée par accident, son pot se serait cassé et cela aurait fait une grande flaque de lait. Or, il n'y avait pas une goutte de lait sur la route. J'ai aussitôt interrogé la victime qui m'a donné la liste des suspects.

Perrette assure que ce n'étaient pas des suspects, seulement des projets, mais Joséphine poursuit :

— Je les ai tous interrogés jusqu'au dernier. Aucun coupable.

Colin le Coq proteste en criant que les derniers n'ont pas été interrogés, mais Joséphine poursuit :

— C'est plutôt ce tout petit indice qui m'a mise sur la bonne piste.

Joséphine brandit un minuscule éclat de faïence. Valentine Lavache se plaint de ne rien voir, mais Joséphine poursuit :

— Je viens de retirer cet éclat de la patte de Charlot Chat.

Charlie Chien se met à japper d'indignation, mais Joséphine poursuit :

— Charlot a suivi Perrette sur le chemin ce matin.

Victor Leveau dit que ça, il le savait déjà, mais Joséphine poursuit :

— Il a couru dans ses jambes pour la faire tomber. Le temps qu'elle ait repris ses esprits, il avait lapé tout le lait et il s'était enfui. Mais il était trop pressé pour regarder où il mettait les pattes et il a marché sur cet éclat. Il a léché sa patte toute la journée pour essayer de l'enlever. J'ai tout de suite remarqué cet indice !

Perrette dit que Charlot est un méchant chat et qu'il mérite une grosse punition, mais Joséphine poursuit :

— Charlot a déjà été puni. Sa patte l'a fait souffrir toute la journée. Ça lui a servi de leçon. Maintenant il regrette et il ne recommencera pas.

Charlot Chat s'excuse devant tout le monde, mais Joséphine poursuit :

— Et voilà. C'est ainsi que se termine une autre enquête de Joséphine la Fouine, la meilleure détective en ville, à la campagne et en montagne. Pour vous servir, messieurs dames !

Soudain, Raymond Cochon s'écrie :

— Attends un peu, la fouine. J'en ai une bonne pour toi. Dis-moi : où vivent les coupables ? T'as sûrement appris ça à l'école des détectives !

Joséphine bredouille :

— Je dois partir, un autre indice m'attend, une autre victime m'appelle, une autre enquête m'interpelle…

Le cochon éclate de rire et dit :

— Les coupables vivent en culpabilité ! Oïnk ! Oïnk ! Oïnk !

Joséphine la Fouine sourit. Cette blague n'est pas très drôle, mais elle est pleine de sa-gesse…

L'énigme de Joséphine

Pendant que les poules étaient sorties, les œufs ont disparu du poulailler. Qui les a pris et pourquoi ? Exerce ton talent de détective en aidant Joséphine la Fouine à résoudre cet autre mystère.

Suspects

Perrette, la petite laitière

Colin le Coq

Charlot Chat

Raymond Cochon

Indices

1. Le coupable n'a pas laissé de traces.

2. Le coupable marche sur deux pattes.

3. Le coupable n'a pas enlevé ses propres enfants.

4. Le coupable est une coupable.

SOLUTION _ _ _ _ _ _ _ _

Tu sais maintenant qui a pris les œufs. Remets les lettres dans le bon ordre et tu sauras ce qu'elle en a fait.

ENU EEETTLMO

SOLUTION _ _ _ _ _ _ _

Réponse : Perrette a pris les œufs pour faire une omelette !

Les Éditions du Boréal
4447, rue Saint-Denis
Montréal (Québec) H2J 2L2
www.editionsboreal.qc.ca

MISE EN PAGES ET TYPOGRAPHIE :
LES ÉDITIONS DU BORÉAL

ACHEVÉ D'IMPRIMER EN SEPTEMBRE 2004
SUR LES PRESSES DE TRANSCONTINENTAL IMPRESSION
IMPRIMERIE MÉTROLITHO, À SHERBROOKE (QUÉBEC).